ROBERT ANDERS & ROBERT EDER
>DAS LITERARISCHE DUETT<

01

GehDICHTE

ist eine Sammlung poetischer und pointierter Texte der beiden Autoren Robert Anders und Robert Eder, die uns, manchmal ernsthaft, oftmals jedoch auf humorvolle Weise, auf eine Reise entführen, in deren Verlauf wir in ferne Länder und Zeiten ebenso gelangen, wie in die Labyrinthe zwischenmenschlicher Beziehungen, in das Reich der kulinarischen Wissenschaft, aber auch in das stets präsente Jenseitige.
Aber wo auch immer sie uns hin begleiten, stets sind ihre Texte wie ein kleiner, aufklappbarer Taschenspiegel.

ROBERT EDER

Geboren 06.11.1964 in Wien
1980-1998: Einzelhandelskaufmann im Spielwarenhandel
1987: Erste künstlerische Ambitionen
1998: Karenzjahr
seit 1999: Freischaffender Literat und Maler
Zahlreiche Lesungen in Wien und im benachbarten Inland. Veröffentlichungen im subventionierten Eigenverlag, in Literaturzeitschriften und Anthologien. Konzepte und Performances für den öffentlichen Raum. Mitwirkung bei Kulturinitiativen in Wien und im Weinviertel. Regelmäßige Ausstellungstätigkeit.

ROBERT ANDERS

Geboren 24.02.1965, in Wien
Seit 1996 zahlreiche Lesungen, u.a. im Rahmen von >ALSO - Anno Literatur am Sonntag<; im Literaturhaus Salzburg; im Seidlbräu Steyr; Veröffentlichungen in diversen Literaturzeitungen wie erostepost, DUM, Landstrich, erhielt 2004 den erostepost - Literaturpreis für die Kurzgeschichte „Eiszeit";
der literarische Schwerpunkt liegt bei (humorvoller) Lyrik und Kurzprosa sowie Dialogen und Liedtexten;
zurzeit Arbeit am ersten Roman;
eine Tochter, verheiratet; lebt in Wien und Kritzendorf.

DAS LITERARISCHE DUETT: Robert Anders & Robert Eder

seit 1996 Lesungen, u.a. im Café Club International (BIB), Café Zartl, Theater des Klagenfurter Ensembles, Amerlinghaus, Café Anno (ALSO); widmen sich neben Lyrik und Kurzprosa auch der Liedermacherei und der szenischen Lesung, sowie dem rhythmisierten Sprechgesang;
diverse Performances (u.a. >Grüß Gott, wie geht's< beim Wiener Ärztekongress, Mariahilfer Straßenfest, etc.)

ROBERT ANDERS & ROBERT EDER
>DAS LITERARISCHE DUETT<

GehDICHTE
TEXTE (FÜR) UNTERWEGS

Impressum:
© 2006 Robert Anders & Robert Eder
>Das Literarische Duett<
Herstellung und Verlag: Books on Demand GmbH,
Norderstedt
Umschlagentwurf: Robert Anders
Grafische Gestaltung: Herbert Gruber, d.sign
ISBN-10: 3-8334-5541-1, *ISBN-13:* 978-3-8334-5541-4

Bibliografische Information Der Deutschen Bibliothek:
Die Deutsche Bibliothek verzeichnet diese Publikation in der
deutschen Nationalbibliografie, detaillierte bibliografische
Daten sind im Internet über http://dnb.ddb.de abrufbar.

VORWORT

FußballerInnen singen, PolitikerInnen spielen Cello, Gitarre oder Flöte, SchauspielerInnen malen.
Warum also sollten DichterInnen dichten? Gibt es auch nur einen vernünftigen Grund dafür?
Wieso etwa stellen DichterInnen keine Schuhe her?
Nun, im Allgemeinen ist es den DichterInnen seit jeher bestimmt, vor allem in einer aus den Fugen geratenen Welt (siehe oben!) für geistigen Halt und kulturelle Erbauung zu sorgen und im Besonderen bedienen sie sich dazu auch gern des einen oder anderen Sprichwortes. Zum Exempel: Schuster, bleib bei deinem Leisten!
Allein, was nützt schon ein Sprichwort, wenn ihm eine Redewendung in die Quere kommt und die DichterInnen sich also auf Schusters Rappen begeben. Etliche von ihnen verlieren dabei nämlich von Schanigarten zu Weinkost zu Bierzelt immer mehr von ihrem Halt im Geistigen und werfen endlich die ganze kulturelle Erbauung über den Haufen… Tschullligung - wir sind eh schon fort! Wohin auch immer die Welt uns dreht. Und sei´s zur nächsten Vernissage im Karaoke-Lokal. Irgendwo müssen wir ja literarischen Proviant besorgen!

Robert Anders & Robert Eder
Dichter mit ohne Binnen-I

DAS PRÄSENT

ich
hab
dir
blumen mitgebracht
dass
du
nicht so einsam bist

mein lieber

gummibaum

ALPHABET DER BÄUME

die Drachenbäume von La Palma
die Föhren von Inebolu
die Kastanien im Wiener Prater
die Oliven von Limenas

vor ihnen
reihten sich zum Reigen
die Dichter
neigten sich vor ihnen
in der Brise
der Sprache
brachten ihre Blätter
auf Papier
und trugen sie auf Worten

die Palmen von Gizeh
die Tamarisken von Naxos
die Zypressen von San Antimo

und nur den Hunden
war's egal
wo sie ihre Beine
huben

EIN HUND KAM

und jenseits vom Hades
da kam ein Hund
von der Traufe
in die Küche
und biss dem Koch
die Eier
entzwei
im Reich
der körperlosen
und von allen guten Geistern
Verlassenen
im Allgemeinen
kein großer
Verlust

DER ESEL

er schleppt
Touristen
auf den Berg

und man sagt
er sei
störrisch

doch
es geht ihm
gut

für das Gipfelfoto
muss er nicht einmal
mehr
lächeln

EINSAM

oben
am Gipfel der Einsamkeit
sitzt ein Mensch

der hat nicht einmal
mehr jemanden

mit dem er noch

Selbstgespräche führen
könnte

VON EINEM ZUM ANDEREN
oder
DAS PERFIDE BETTLERSPIEL

EINST FRUG MICH SCHIEF IM WINDE,
EIN MÜDER WANDERSMANN:
SAG KANNST DU MIR VERRATEN,
WAS TREIBST DU DANN UND WANN?

ICH KRATZTE MICH AM HAUPTE
UND SETZTE MICH VORORT
DANN NAHM ICH LUFT VON DRAUSSEN
UND SAGTE WORT FÜR WORT:

„ICH TRAG´ AN FREMDER SOCKE
GEWISSENHAFT EIN LOCH
DURCH TRÜBE WINTERTAGE
BEI WEITEM FORT UND DOCH.“

DER WAND´RER STAND SICH BESSER,
ER WAR SICH NUN VERTRAUT.
SO FRUG ER MICH VON NEUEM
UND DIESMAL ZIEMLICH LAUT:

„DU SCHEINST MIR ÄUSSERST UNBEDINGT,
ALLEIN ICH KANNS NICHT FASSEN!
WAS ALSO IST DEIN BROTERWERB,
WAS IST DEIN TUN UND LASSEN?“

ICH SCHLOSS DAS RECHTE AUGE,
DAS LINKE LIESS ICH ZU.
DANN SEUFZTE ICH SYNKOPISCH
UND SPRACH MIT SEELENRUH:

„ICH NEHM´ AUS MANCHER MITTE
UND AUCH EINMAL VOM RAND
DIE DINGE DIE ICH BRAUCHE
UND LEB´ VON HAND ZU HAND.“

DA SCHMORTE SICH DER GUTE MANN
IM EIG´NEN SAFT DIE NASE!
ER STAMPFTE WILD UND UNGESTÜM
DABEI HERUM IM GRASE.

„DAS KANN NICHT SEIN", SO SCHRIE ER HEISER,
„DAS IST DOCH UNERLAUBT!
DIE WAHRHEIT SAGE HIER UND JETZT,
DAMIT DIR EINER GLAUBT!"

OB SOLCHER REDE TIEF ERGRIFFEN,
NAHM ICH DIE AXT VOM SCHLAGE.
ICH HIEB MIR TAPFER EINS ENTZWEI
UND GÖNNTE MIR DIE FRAGE:

„WAS GLAUBST DU DENN MEIN LIEBER,
DASS ICH DIR SAGEN SOLLTE,
WO ICH DOCH OHNE UNTERLASS
BIS AUSSERDEM NUR WOLLTE?"

DA LÄCHELTE DER WANDERER
UND SALBTE SICH DAS HAAR.
DANN FUSSTE ER SICH WÜRDIG AUF
UND SPRACH GANZ WUNDERBAR:

„SO IST ES ALSO WIRKLICHKEIT,
DU BIST GANZ MEINESGLEICHEN!
NIMM LOCH UND SOCKE JETZT VON MIR,
ALSDANN KANN ICH MICH SCHLEICHEN."

GERÜHRT NAHM ICH DIE GABEN AN
UND REICHTE IHM DIE HAND.
„DIE NEHM´ ICH MIT!", RIEF ER VERGNÜGT
UND RANNTE LOS - QUER ÜBERS LAND!

SEIT JENEM TAGE WEISS ICH WOHL:
HAST HÄNDE DU DABEI,
DANN LASS DICH JA NICHT TÄUSCHEN
UND ACHTE AUF DIE ZWEI!

ZEITGENOSSEN

Dr. Mayer geht. Susanne Heller kam.
Albert Hofmeister ist geblieben.

Es hätte auch anders sein können.
Es hätte zum Beispiel auch so sein
können, dass Dr. Mayer ging,
Susanne Heller gekommen ist
und Albert Hofmeister bleibt.

Ja, es wäre sogar möglich gewesen,
dass Dr. Mayer gegangen ist,
Susanne Heller kommt
und Albert Hofmeister blieb.

Aber, wie wir es auch drehen und
wenden, es nützt alles nichts:
Zeitgenossen werden die drei wohl nie!

WANDERJAHRE

halskehlenkratzen
in den anden

augapfeladern
im taurus

mundwinkelwimpernausfluss
hinterm ural

klimperqualkrampfen
in den karpaten

nasenflügelstutzen
auf den pyrenäen

völlig erköpft
endlich
in der flachau

KÜSTEN STRASSEN

küsten

küsten straßen

küssten straßen einander

hätten wir eine

asfaltschmuserei

blau weitet sich der Himmel
über dir
kreisen die Geier
du blödes Aas

EINE BANALE

Mann und Frau: Was kann es im Eheleben
wohl an schönen Dingen geben?

Frau: Lieber Mann, so sprich nun du,
ich bin stumm und hör dir zu!

Mann: Ich komm heim und du bist da,
sagst „Wie geht´s", ich sag „Na ja".
dann um sieben essen wir,
ich sitz dort und du sitzt hier.

Mann und Frau: Was kann es im Eheleben
wohl an schönen Dingen geben?

Mann: Liebe Frau, so sprich nun du,
ich bin stumm und hör dir zu!

Frau: Du schaust fern, ich geh aufs Klo,
alter Film, das ist halt so.
Ich ins Bett, du hinterher,
Schwanz ins Loch, was willst du mehr?

Mann und Frau: Was kann es im Eheleben
wohl an schönen Dingen geben?

Frau: Lieber Mann, so sprich nun du,
ich bin stumm und hör dir zu!

Mann: Wir steh'n auf, du trinkst Kaffee,
ich les´ Zeitung, trinke Tee.
Ich geh fort, muss ins Büro,
gestern, heut und sowieso.

Mann und Frau: Guten Morgen, Gute Nacht,
und im Keller wird gelacht!

BADEFREUDEN

sie hat sich geduscht
ich habe mich geschwommen

nachher haben wir aneinander
vorbeigeliebt

EINIGE INTIME NACHRICHTEN
VOM LEBEN ZU ZWEIT

I.

DIESE NACHT IST SPRÖDE ENTSPRINGT
DEINER KEHLE GELÄCHTER SCHLEUDERST DU
IN DIE DUNKELHEIT SPLITTERT
DAS DÜNNE EIS ZWISCHEN UNS
WIRD ES WARM

II.
FEUCHT SCHIMMERN DEINE LIPPEN
ÜBER MIR ENTFALTET SICH DEIN LÄCHELN
GLEICHT EINEM BLÜTENKELCH
VOLL DES SÜSSESTEN NEKTARS
SIND DEINE KÜSSE WIE BALSAM

III.
SEITE AN SEITE LIEGEN WIR WIEDER EINMAL
SIND WIR EINANDER FREMD GEBLIEBEN
IST DIE SEHNSUCHT NACH DEM PARADIES
WIRD ES FÜR DICH KEINES GEBEN
WIR DOCH ENDLICH AUF

IV.
ICH BEGLEITE DICH NOCH ZUM BAHNHOF SAGST DU
WIE JEDEN SONNTAG ABEND NEHMEN WIR DORT
IN DER CAFETERIA ABSCHIED VONEINANDER
GESÄTTIGT
HABEN WIR JA WIEDER BIS FREITAG ZEIT DAS
GANZE
ZU VERDAUEN FINDEN WIR DOCH EHRLICH GESAGT
ZUM SCHEISSEN

V.
NACKT STEHST DU VOR MIR
OFFENBART SICH DEINE SCHÖNHEIT
IN DIESER BETÖREND MÄDCHENHAFTEN ANMUT
IST FÜR MICH IMMER NOCH DER ZAUBER
UNSERER ERSTEN NACHT FÜR NACHT
LEBENDIG

VI.
HAUTNAH BEGLEITET MICH DEIN VERTRAUTER
DUFT
VERFLÜCHTIGT SICH NICHT IN DER
GESCHÄFTIGKEIT DES TAGES IST ER MIR
ZUFLUCHT VOR DER ANGST MICH DIR
ZU ENTFREMDEN

VII.
DU RUFST ENDLICH AN MICH GEDACHT HAST DU
NATÜRLICH
DIE GANZE ZEIT ÜBER WARST DU ABER LEIDER SO
BESCHÄFTIGT DASS DU EINFACH NICHT MIT MIR
TELEFONIEREN KONNTEST DU FRÜHER SELBST AUS
ÜBERSEE ZWEIMAL AM TAG VERNASCHTE DAMALS
DEIN MUND MEIN OHR TRAUT DIR NICHT MEHR

hautnahes flüstern
schimmerndes gesichterlicht
wir holen atem
von mund zu mund

du bist da wie noch nie

ozeantiefes versinken
durchtauchte flut

du schaumgeborene
bist uferlos

LEICHTIGKEIT

weicher Sand
    in deinem Rücken

warmes Licht
    auf deiner Nase

ein Lächeln in den Bäumen
ein Säuseln hebt die blühenden Köpfe
    bunt
    so bunt
        treiben wir es
        entlang der sommerlichen Tage

an denen alle Schiffe
    schweben
    so leicht
    als führen sie mit
        dem Strom

WOW !

Zwischen uns und dem Meer
beugen sich die Bäume
deren Namen in Vergessenheit
geraten sind
schattenwärts
versummt eine Frauenstimme den Tag
sonnenfleckig
und der Wind ist richtungs
                    los
                 gelöst
hebt er neugierig die Plane
unter der du mit salzigen Fingern
unser Wort
auf meinen nackten Rücken schreibst

SCHAMLOS

schling
schamlos deine
Schenkel um meinen
schlanken
Schatten und über-
schütte ihn mit deiner
Schönheit

schon
steht er an vor deinem
Schoß, von

Scheitel bis
Schuh er
schaudert er
schüttert er

schaukelt dich in sanften
Schlummer,
komm !
Wir schwänzen diesen Tag !

AUGENWEIDE

solange
du die Weide bist
die am Ufer meiner Augen wächst
gibt es keinen Grund
zu trauern

SEKTBAD

Sie überschüttet ihn
mit einer Flasche trockenen Sektes

Er aber
nicht träge
wischt sogleich die Brösel
von Haupt und Sakko

29

AUFFASSUNGSUNTERSCHIED

in ihrem glänzend saub´ren Heim
könnt´ man schier vom Boden
essen

doch auch bei mir
findet sich ebendort
so manches
das noch
zu essen
wär´

ANSICHTSSACHE

Die Frau
die mit dem Typen an der Bar gerne
eine Affäre hätte,
sagt zu ihrer Freundin

Dieser Hintern!

Ihre Freundin
die mit besagtem Mann an der Bar
schon eine Affäre hatte,
sagt:

Dieser Orsch!

WIDER SACHER
oder
EINE LETZTE MELANGE

da war er wieder

hier im Café Sacher
saß er
und trank
eine laue Melange

und in angedenk
der löffelrührenden Stille
fühlte er sich
so richtig
daheim

endlich!
wieder Sacher!

plötzlich jedoch
befiel ihn seine alte Beklemmung

und in angestank
der Spießigkeit
die ihn auf ihre Spitzen trieb
klebte er heimlich
einen Popel
unter seinen Marmortisch

oh!
war er ein großer
Wider Sacher!

DIE BROTZEITLOSE

ob du sogst
des is a kas
oder
ob du sogst
des is a schmorrn

des is scho
wurscht

EIN KLEINES TISCHGEPLÄNKEL

ER: Ist Lauch auch im Auflauf?

SIE: Oja, ich schnitt Lauch auch,
schnitt Lauch in den Auflauf.

ER: Im Auflauf ist Schnittlauch?

SIE: Nein, nein, es ist Auchlauch,
nicht Schnittlauch im Auflauf.

ER: Ist Schnittlauch nicht auch Lauch?

SIE: Nein, Schnittlauch ist Schnittlauch
und Auchlauch ist Auchlauch.

ER: So ist also Auchlauch
wahrhaftig im Auflauf?

SIE: Oja, es ist Auchlauch,
auch Auchlauf im Auflauf!

PICKNICK

sein profil ist viel markanter als das der reifen auf denen
sein cabrio let it be wie er zu sagen pflegt und poliert
sein hübsches spielzeug tag für tag grölt flitzt und wil-
dert über mit und unter menschen weg und durch des
wilden jägers zügelloses treiben wir es bunt ist das
leben genießen wir in voller fahrt die kurve nimmt und
von hundert auf null in zwei drei arroganten augen-
blicken heruntergebremst ist jetzt der wagen aber nicht
der jäger ruft hallo liebling hat langes blondhaar und
lange beine eng umwunden von einem kurzen rock in
rot ist der mund lächelt und der jäger schlägt seine
zähne hinein in ´s cabrio let us go wie er zu sagen pflegt
und putzt sich auf die wohlgeformte nase das schwarze
sonnenvisier kann sich sehen lassen wir uns den wind
um die nase wehen liebling wir fahren ins grüne gehen
wir essen der picknickkorb ist übervoll gas es geht los
von null auf hundert in zwei drei souveränen augen-
blicken schon braust auf der langen geraden der jäger
mit seiner beute davon ist er ganz berauscht legt er sich
ins zeug und wird immer schneller fliegen wiesen und
felder vorbei liebling siehst du die schöne weite kurve
kratzen wir jetzt ganz elegant ab in den graben liebling
wir beißen ins gras liebling im grünen essen wollten wir
sowieso.

DIE KLEINE GÄNSEHAUT-ELEGIE:

Vorwort:

Gänse!
haut ab!

Martini naht ....!

I. Kapitel: Der Plan

Gänsehaut ab
gänzlich abgehäutet
ergänzt die Gans
ganz den glanzreichen
Schmaus

II. Kapitel: Der Mord

ganz aus dem Häuschen
haut Gans
Quäler Martin
sein Hackl
ganz schrecklich
ins Kreuz
ganz grauslich!
spritzt das Blut
von Kopf
bis Gänsefüßchen
rot
nimmt die Gans Füßchen unter die Gänseflügel
und rennt

III. Kapitel: Der Verrat

bleibt zu ergänzen
die Gans wurde verganselt
von einem neidischen fetten Suppenhuhn
und schlussendlich
doch noch geköpft
von des toten Martins Schwester

Nachruf:

Gänse!
haut ab!

Martina
naht!!

GETRÄNKEKOATN

da Ouzo schmeckt wira Huastnzuckal, sogts

und da Retsina wiara hoizana Saurompfa, sogts

da Metaxa – sogts – is a Sunnanbrond fian Mogn

und beim Mythos is Hopfn und Moiz valuan, sogts

und fian Kaffee – sogts – brauchst a Hilti
mit an Quial vuan dron,
wannst eam umrian wüst

und noch an Raki deafst a hoibe Stund long kane rau-
chen, sunst fliagst ind Luft

und bevuast an Mavrodafne saufst – sogts – kaunnst da
glei a Rezinusö eineschittn
unda mitn Gummihomma am Schädl haun
des hot de söbe Wiakung, sogts

oba des waaßt east
sogts
waunnst de Getränkekoatn
auffe und obe studiat host

sogts

MENÜ

sie löffelten
gabelten
messerten

suppten
fleischten
gemüsten
knödelten

bierten
kaffeeten
puddingten

platzten

MARIA VERHÜTUNG

der Weihnachtsmann geht sich selbst
auf den Sack

der Osterhase hat sich
seine eigenen Eier vergrault
und die Löffel abgegeben

und das Christkind
ist einer Engelmacherin zum Opfer
gefallen

Maria
hat
nicht
verhütet

DAS GROSSE
FASCHINGSJUCHHU

ein topfkopf
ein schurzfurz
ein ich und sein du
die kamen zum stallball
und blieben im nu

der topfkopf
der schurzfurz
das ich und sein du
die nahmen
von dortfort
die kuh und ihr muh

UM   TATA

um   tata
um   tata
um   tata
pros   tata
pros   tata
pros   tata
hofbräu   haus
hofbräu   haus
hofbräu   haus

in münchen steht ein

bockbier
       a tschick
bockbier

bockbier
       a tschick
bockbier

bockbier
       a tschick
bockbier

klopa   bier
klopa   bier
klopa   bier

des häusel brennt ! ! !

löschen   löschen
löschen   löschen
löschen   löschen

a hoibe ! ! !

TANZSCHULE

eins
zwei
drei

fuß
nach

vor

drei
kommt
zwei

in
die
reih

bein
ent
zwei

drei
ist nach

zwei

drei
bei

fuß
au
schrei

bist du
erst einmal
nackt
kann nichts mehr in die Hose
gehen

HAND DRAUF

arm zu arm
gesellt sich gern
der arme
tropft
der kürzere
auf dem er sitzt
wetten
er zieht
denselben

hand drauf

DIALOG

und der kopf sagt
zum bauch

„spür dich endlich"

und der bauch sagt
zum kopf:

„halt endlich deinen mund"

WILDWESTFILM

Hi Jack
Hi Joe
Hi Noon

MUTTERS WUNSCH

da wo du
und
wo du da
achtet gut
auf
dudowa

DICHTERS WUNSCH

publi kum
so kum doch

publi zier
di doch net
so

publi kum

WORTREICHLOS

da
das
wort
dort noch reich
hier schon
los

WIE DIE HUNDE

wie die Hunde
graben wir im Sand
und wenden Zweige
ohne Ende

der Weisheit
halten wir die langen Nasen
in den Wind
wie Wäsche auf den Leinen
unsere Augen

erhaschen Blicke
auf die Scherben
die tief uns um die Ohren
fliegen schlotternd
nass im kühlen Wind

vergreifen sich die Hände
an dem großen Strom
doch der verläuft sich
zwischen jenen Fingern

bleibt statt Zeit
ein Stückchen Schwimmhaut
zum alltäglichen Gebrauch

lesen wir die Texte beigepackt
und nur im Fluge
für die Tiefe
graben wir am Strand
so wie die Hunde
kleine Gruben
und
wenden Zweige ohne Feuer

FESTGEFAHREN

wo der Wind
sich verwurzelt
flieht der Wald
Schattenhut begrenzt

wo der Fluss
sich versteinert
flieht das Ufer
Weitland verebnet

wo das Bewegen
sich verebbt
erstreckt sich das Labyrinth
Wüstenhirn versickert

wo das Denken
sich verknöchert
fliehen sich die Höhlen
Denkgraben verhoben

VERÄNDERUNG

wo das Beben
sich stehend belässt
trümmert die Ruhe
sich zu Bergen

wo jedes Wort
sich zerpflückt
erwachsen Brocken
zweiggleich aus Gestein

wo die Gedanken
sich veraschen
verweht die Brücke
frisch gepfählt

wo Träger ohne Last
sich verstrecken
zieht der Himmel seinen Bauch
ganz schlank

wo Flüsse
frei sich laufen
zieht das Bett
die Decken ohrenweit

SANDLERS FREUDE

es ist sommer
die sonne scheint
er kauft sich ein eis
und plötzlich fängt er an
zu lachen

es ist sommer
die sonne scheint
er genießt sein eis
und er lacht

er lacht
über jene
die behaupten
er würde all sein geld
versaufen

SANDLERS TOD

ihr glaubt
ich höre einfach auf
zu leben
so ohne wohnung
ohne bett
und ohne konto

ihr glaubt
ich leg mich einfach hin
und sterbe
auf einer parkbank
irgendwann
im winter

ich glaub
für euch
bin ich ein todgeweihter
sonst hättet ihr
mich längst schon
massakriert

DER OPPORTIMIST

mir begegnete einer
der sprach von armut
als thema in der kunst

der sprach vom krieg
als ventil für die menschheit

der sprach vom clochard
als inspiration in der mode

der sprach davon
dass man eben aus allem
das beste machen müsse

SANFT RUHT DER KRIEGER

sanft ruht der krieger
im bett unter daunen
gemütlich bestattet
im frieden der nacht:

ja so ist der tod
wenn ihn plagt sein geschäft
und zu raschem pläsier
einen jux er sich macht

immer noch nicht
genug schlachten

immer noch nicht genug
geschlachtet

immer noch nicht genug
krieg

immer noch nicht genug
gekriegt

UNEHRLICHKEIT

Wieso
stecken sich manche Menschen
ihre angeschnäuzten
Taschentücher
in das Bündchen ihres Pullovers
am Handgelenk
?

Wieso
schnäuzen sie sich
nicht gleich
in den Ärmel
?

es ist nacht
wir fahren im zug
vorbei an diesen reihenhäusern
die man immer
irgendwann und irgendwo
beim zugfahren sieht

wir fahren also im zug
vorbei an diesen reihenhäusern
es ist nacht
und mich überkommt
die vorstellung
vom synchronschnarchen

FERIEN-TRILOGIE

I.
jahrelang
seid ihr mit mir
zum selben Bauernhof
gefahren
seit ich mich erinnern kann
und schon vorher
bis er schließlich abbrennen musste
um meine Kindheit zu beenden
um so mehr
genieße ich jetzt meine griechische Insel

II.
es ist ein gutes Gefühl
zu wissen
was einen erwartet
man kennt das Zimmer bei Vasili
und die Taverne von Jorgos
den Strand
und den kleinen blauweißen Hafen
ein gutes Gefühl
vor allem
mit einem kleinen Kind

III.
(20 Jahre später)

jahrelang
seid ihr mit mir
auf dieselbe griechische Insel gefahren

endlich Ferien am Bauernhof !

VOLLEYBALL

volley ball bum bum
volley ball bum ball
volley bum bum ball
balla bum bum volley ball

voller ball bum bum
voller ball bum ball
voller bum bum ball
balla bum bum voller ball

wollen ball bum bum
wollen ball bum ball
wollen bum bum ball
balla bum bum wollen ball

balla bum bum bum
ball voller bum ball
wollen bum balla bum volley bum balla
bum ball

IM ZÖLIBAT

im Zölibat   do is ma faad

do sitz i schmeck   do sitz i staad

im Zölibat   do zöl I faad

bis zwölfe schlagt

im Zölibat

do wea i blind   do wea i blaad

im Zölibat   do wiad ma faad

weu´s ollaweu nua zwölfe schlagt

doch warat es net gonz so faad

wauns Zölibat a amoi hoibat ward

und net ollaweu nua zwölfe schlagt

waunn des Zölibat

nua *amoi* hoibat ward

wa´s hoib so faad

weu´s donn im Zölibat

a Sex geb´n daat

DIE MORITAT VOM LURCH

WENN STAUB SICH DEM STAUBE GESELLIG VERBINDET
MIT FASERN UND FÄDEN UND HAAREN SICH FINDET
ZU LEICHTEM GESPINSTE, ZU FEINEN GEWEBEN
DANN STEIGT AUS DEM KEHRICHT - OH WUNDER - DAS
LEBEN !

DER HAUSFRAU JEDOCH UND IHREM GEMAHL
ERSCHEINT DIESER LURCH ALS EKLIGE QUAL
UND BEIDE ERGREIFEN SOGLEICH EINEN FETZEN
DEN REICHLICH MIT WASSER SIE NETZEN

DIES HÄRENE TUCH - NOCH TRIEFET ES HEFTIG -
DA SCHLINGEN SIE´S AUCH SCHON GESCHWIND UND
GESCHÄFTIG
DEM BESEN, DEM ALTEN, UMS BORSTIGE MAUL
UND REDEN IHM ZU ALS WÄR´ ES IHR GAUL

NUN JAGEN SIE JOHLEND DURCH ZIMMER UND KAMMERN
SIE HÖREN KEIN WIMMERN, SIE HÖREN KEIN JAMMERN
IN ECKEN UND SPALTEN, IN WINKELN UND NISCHEN
DA GILT ES DEN LURCH MIT WUCHT ZU ERWISCHEN

UND IST ER GEFANGEN UND KLEBT ER AM FETZEN
DANN IST ES VORBEI MIT DEM TOBEN UND HETZEN
DER MANN UND DIE FRAU, SIE RUHEN SICH AUS
BETRACHTEN ZUFRIEDEN IHR SAUBERES HAUS

SODANN GEH´N SIE SCHLAFEN UND LÖSCHEN DAS LICHT
UND WÄHREND SIE SCHNARCHEN, DA MERKEN SIE´S NICHT
WIE STÄUBCHEN AN STÄUBCHEN SICH WIEDERUM BINDET
MIT FASERN UND FÄDEN UND HAAREN SICH FINDET:

ZU ZÄHEM GESPINSTE, ZU DICHTEN GEWEBEN
VON WELCHEN DAS PAAR BALD BEKLEMMEND UMGEBEN
UND ENDLICH DES ODEMS ZUR GÄNZE BENOMMEN
VOM LEBEN ZUM TODE GAR GRAUSAM GEKOMMEN

ERSTARRT UND ERKALTET, SO LIEGEN DIE BEIDEN
DER LURCH VERSTEHT ES, SIE TREFFLICH ZU KLEIDEN
UND WENN DANN ZU STAUB SIE SCHLIESSLICH GEWORDEN
SO WIRD ER VERZEIHEN IHR SCHRECKLICHES MORDEN

ich bin nicht
egoistisch

ich bin
autosozial

DER KLASSIKER

es parzen
die grillen

ach goethen

sie doch
schillern

VERWANDTSCHAFTSVERHÄLTNIS

sipp schafft
schilf pafft

schilf schafft
sipp schafft

sipp pafft

sich ein

und aus

DAS DAZWISCHEN WILL ICH SEIN

ich will
spüren
in jenem Vakuum
das die Kronen der Bäume bewegt
und
das sie still stehen lässt
ich will
nicht der Baum sein
nicht die Erde
und nicht der Wind
will ich sein
sondern
das Dazwischen

LUNARIUM

der mond hat einen hof
drin tanzen sieben kälber
um einen kleinen stern
drin sitzen sieben weise
die sitzen dort sehr gern

der mond hat einen hof
drin wohnen sieben prinzen
in herrlichkeit und pracht
drin schlummern sieben träume
und warten auf die nacht

der mond hat einen hof
drin geh ich hin und her
und denk an dich so sehr

ZEITENFLUG

deine kleine Stirne
im Schlaf entfaltet
von
tausend Fragen
legt sie sich
glatt
wie das windstille Meer
über deine tiefsten Träume
von denen
ich nichts erahne
als eine einzige
winzige
kleine
Welle
in deinem Arm
die deinen
Teddybär
verschluckt

ENTSPANNUNG

ich liege

  kreuz

    in meinem bett

      und schlafe

       quer

        feld

         aus

ZUM KUCKUCK

gestern
hat mich der Kuckuck
mit seinem Schrei
aus meinem Schlaf
gerissen

heute klebt er
an meiner
Tür

morgen aber
morgen
bin ich
weit
weit
weg

wie schön

ich habe dem Kuckuck
ein Ei
gelegt

HÄHNE SCHLAFEN NIE

das Flimmern des Getreidestaubes
über den Feldern
das Schwirren der Hitzefäden
über den Straßen
hat sich entladen
und freigewaschen

die Schindeln der niedrigen Häuser
werden rot angesichts der Sonne
angesichts der nassen Socken auf der Leine
Angesicht zu Angesicht
wagt sich ein Lachen aus der Wirtsstube
durch die niedrige Türe
bückt sich unter dem Balken
und verteilt sich in den Nachthimmel
wie das Klingeln eines Haustorschlüssels

und die Feldarbeit
sagt die Stimme hinter dem Holzzaun
die Feldarbeit
hat bunte Bilder
und die Schritte auf dem Ziegelboden kommen
langsam aber steinig
den Arkadengang herunter

und fette Hennen fressen manchmal
auch kleine Kieselsteine,
stimmt das, Papa,
und Papa,
wenn zwei Schnecken heiraten,
in welches Haus ziehen sie denn dann
und,
Papa,

wenn die Schnecke in die Arbeit geht
lässt sie dann ihr Haus zu Haus
und wohin,
Papa,
verzieht sich der Regen,
der mit seinen dunklen Wolken den Himmel räumt

und eine Schnuppe fällt auf unseren Stern
genau auf eine Straßenlaterne
etwas verbeult,
aber wir freuen uns
wir freuen uns für euch
sagt die Kellerstimme
der die Feuchtigkeit
der unerträglichen Schwüle dieses Tages
in die Augen steigt

und der Blechtürenschmeißer
geht zu Bett
während deine Hand sich niederlegt
sanft und warm
legt sie sich
um meine Knöchel
so
wie das eben nur deine Hand kann
und dein Atem ist in meinem Ohr

Hähne,
sagst du,
Hähne schlafen nie,
mein Schatz

NACHWORT

So sind wir ans Ende unserer Reise gelangt.
Aber wie heißt es so schön unter den literarisch
Rastlosen?

„Die gestutzten Flügel der Phantasie
sind das Schrot
im Stutzen des Jägers auf der Pirsch."

In diesem Sinne,
Lesen Sie wohl und auf Wiederreisen!

Robert Anders & Robert Eder
Das Literarische Duett